I0686536

676

RÉPONSE
A M. VERMOREL
RÉDACTEUR EN CHEF
DU COURRIER-FRANÇAIS

CLASSES-MOYENNES
ET PROLÉTAIRES

Par J. BUZON Jne

> Les classes-moyennes sont les alliés naturels du prolétariat.
>
> PROUDHON.
> (*Capacités Ouvrières*, pag. 437)
>
> Que les travailleurs y songent, qu'ils se défassent de tout esprit mesquin et jaloux, *il y a place pour tout le monde au soleil de la révolution.*
>
> PROUDHON.
> (*Idées générales de la révolution sociale au 19e siècle*).

BORDEAUX,
IMPRIMERIE MÉTREAU & Cᵉ
Rue du Parlement-Sainte-Catherine, 19.

1867.

8716

RÉPONSE
A M. VERMOREL

RÉDACTEUR EN CHEF

DU COURRIER-FRANÇAIS

CLASSES-MOYENNES

ET PROLÉTAIRES

Par J. BUZON Jne

Les classes-moyennes sont les alliés naturels du prolétariat.

PROUDHON.
(Capacités Ouvrières, pag. 437)

Que les travailleurs y songent, qu'ils se défassent de tout esprit mesquin et jaloux, *il y a place pour tout le monde au soleil de la révolution.*

PROUDHON.
(Idées générales de la révolution sociale au 19e siècle).

BORDEAUX,

IMPRIMERIE MÉTREAU & Cº

Rue du Parlement-Sainte-Catherine, 19.

—

1867.

AU LECTEUR.

« La révolution sociale au XIXme siècle sera l'œuvre de
» la fatalité…. Je ne sais comment cela se fera, mais cela
» sera….» avait dit Proudhon.— Et jamais parole si fatidi-
que ne sortit de la bouche d'un penseur.

A voir ce qui se passe aujourd'hui sous nos yeux, on
reste confondu de la profondeur de cette prédiction faite à
quinze ans de distance. C'est ainsi que dans l'antiquité le
même mot portait la double signification de savant et de
voyant.— Et, en effet, qu'est-ce donc que savoir si ce n'est
prévoir.

A voir toutes les consciences oppressées, anxieuses de
l'avenir, tourmentées de l'éclosion d'un monde nouveau
comme les âmes du paganisme au lendemain de la *bataille
d'Aetium* ; à voir et l'impuissance des gouvernants et l'affol-
lement des gouvernés ; à voir cette ronde de damnés qui
s'agite du haut en bas de l'échelle sociale vers un but
dont nul n'a conscience suffisante ; — à entendre ces sourdes menaces de guerre générale venant de tous côtés, à
entendre *nos mendiants de la paix quand même* alors que
tout est en guerre autour de soi, on sent que le XIXme
siècle est le siècle de l'impuissance, de l'avortement, on
sent que quelque chose de fatal pèse sur les esprits et les
enraye malgré eux.

Si nous étions les fils du croissant, les enfants de la résignation, *de l'Islam*, nous n'aurions qu'à croiser les bras et laisser faire. — Mais nous sommes *les enfants du doute, les fils de 89*, et force nous est de marcher vers une norme qui fuit devant nous, il est vrai, mais qui laisse au libre arbitre la liberté de ses voies, de ses moyens d'action, quitte à nous tromper souvent pour nous redresser sans cesse.

Au nombre de nos moyens d'action on peut signaler les congrès.

Deux surtout se sont emparés de l'attention publique, d'une part *les Congrès de la Paix,* de l'autre *les Congrès de l'Association Internationale des Travailleurs*

Un des mirages particuliers à notre époque, c'est de se figurer qu'en élargissant le cadre de ses aspirations, ou plutôt le cadre du problème, on aura plus de facilité à le résoudre.

On demande la paix universelle.

Mais la paix dans la grande famille humaine, dans le groupe humanitaire, c'est-à-dire *la paix extérieure*, suppose la paix dans chaque nation, chaque groupe particulier, c'est-à-dire *la paix intérieure*.

Or, le cosmopolitisme n'est pas un moyen, c'est une idée contradictoire et voilà tout ; aussi, qu'est-il sorti des congrès ? Rien. Qu'en sortira-t-il désormais ? Rien encore, parce qu'au fond des choses il y a contradiction entre le but désiré et le moyen employé qui n'en est pas un.

Et qu'en sort-il souvent ?
Du vent.

Tous nos aspirants de la paix se fussent évités ces déceptions si, au préalable et avant de chercher d'emblée une synthèse, ils eussent procédé par voie d'analyse.

Il fallait se poser d'abord ces questions : Qu'est-ce que la guerre ? — La guerre, fait de la conscience humaine, est une investigation de la justice et a sa raison d'être.

Qu'est-ce que la paix ? — Ce n'est pas seulement l'état de *non-guerre*, c'est-à-dire un état négatif, c'est un état affirmatif indiquant l'équilibre des consciences basé sur l'équilibre des intérêts.

Qu'est-ce que le droit social moderne dans les nations ?
— C'est l'équilibre social cherché et trouvé au sein de ces
nations.— *Le droit social national.*

Qu'est-ce que le droit international ou cosmopolite ? — C'est
l'équilibre cherché et trouvé entre nations, autrement dit le
droit social international, et alors au lieu de voir une idée
simpliste là où il y avait au contraire une idée complexe,
le Congrès de la Paix, désillusionné, eût ajourné ses aspirations ou bien eût donné à ses études une direction ration-
nelle et juridique. — Il ne serait pas venu se buter piteu-
sement à une contradiction manifeste.

De Maistre disait avec raison : « Les nations n'ont que
» le gouvernement qu'elles méritent. » Et il aurait pu dire
avec plus de justesse encore : — Les nations n'ont que *le
repos* dont elles sont dignes. — Quoi ! l'indignité marche le
front haut.— Quoi ! l'infamie de chacun n'a de contre-poids
que dans l'infamie de tous. — Quoi ! le mensonge, la dupli-
cité sont à l'ordre du jour, — et on voudrait la paix !.....

Mais la guerre est partout autour de nous. La guerre est
dans la Babel des intelligences, dans l'amertume des cœurs,
dans l'anarchie des intérêts. Elle est dans *la dureté des
esprits*, compagne infaillible de *la dureté des cœurs.* — Seigneur ! Seigneur ! « *Mon peuple a la tête dure* » répétait
sans cesse Moyse désespérant de civiliser la nation Juive.
— Elle est dans l'air que nous respirons, et l'on voudrait
la paix !.....

Confiance, confiance vont bélant en chœur les Guillot de
la presse, — les prophètes du livre. — Confiance et en
qui ? — Et en quoi ? — Quand il est évident que nul ne
s'entend plus lui-même et n'entend plus son voisin, ce que
Voltaire, dans une boutade spirituelle, appelait de la *haute-
métaphysique*, et que nous appelons, nous, de la haute-anar-
chie. — Quand il est évident que l'immoralité est la reine du
jour. — Allons donc !

Quand l'heure de l'indignité a sonné pour les nations,
l'heure de la justice commence.

Fatalité ! nous dira-t-on, soit, si vous appelez fatalité la
norme du progrès qui est devant nous, et libre arbitre s'il s'a-
git des voies et moyens laissés à notre activité pour réaliser
cette norme :

« La fatalité est l'ordre absolu, la loi, le code, le fatum
» de la constitution de l'univers, » disait Proudhon, pag. 387.
(Contradictions Economiques).

Et que serait-elle donc, grands Dieux, si elle n'était pas
l'ordre ?

Pendant cinq cents ans, d'Auguste à Augustulle, sauf de
rares instants sous les Antonins, Rome put user et abuser
de son libre arbitre et boire à la coupe de toutes les infamies.
— Et quand il fut avéré qu'elle était impuissante à dégager
l'idée moderne, l'idée du travail et du progrès dans l'industrie, les barbares vinrent à ses portes sonner le tocsin de la
réparation.

Des forêts de la Germanie, des plateaux de l'Asie, ou
plutôt on ne sait ni d'où, ni comment, ils vinrent à heure
comptée se ruer sur le colosse expirant et l'heure de l'ex-
piation arriva.

A notre tour, si nous demeurons infidèles à la justice,—
des marais de la Chine, de la Mongolie, des crêtes de
l'Oural, des portés des Balkans, des bords de la Caspienne,
la race jaune, à qui nous avons appris, téméraires, le métier de soldat Européen, la race Caucasique, les Kirguises,
les Therckesses pillards et voleurs, viendront s'abattre sur
nous comme sur une proie assurée, et malheur à nous si
nous ne sommes pas en état de justice. —Le tour de l'Europe aura sonné pour elle,

On demande *l'association universelle ou internationale des
travailleurs.* Là était l'objet du Congrès *International des Travailleurs.* Mais dans la pensée des travailleurs que signifie ce
mot d'association? Cela signifie mutualité, solidarité, garantie.

Mais entre les nations les garanties sont de deux ordres :
— Ordre politique. — L'association ne pouvait et ne devait
s'en occuper, disait-elle, quand elle bégayait ses premières
aspirations. Depuis, elle a été forcée de reconnaître à cet
endroit son impuissance.

Reste l'ordre économique. Mais tout travailleur suppose
un consommateur, c'est-à-dire un échangiste. — Or, mutualiser, solidariser, garantir le travailleur, cela revenait à
dire qu'il fallait mutualiser, garantir l'échange, la circula-

tion. Mais le producteur lui n'a qu'une fonction, à côté de lui se trouve un autre producteur qui est l'agent naturel de l'échange et de la circulation, c'est le commerçant, autrement dit les *Classes-Moyennes* composée de maîtres ouvriers, patrons, boutiquiers, etc.

Si la production est le sang veineux de la société, — la circulation en est le sang artériel, le grand sympathique social.

Et l'association faisant acte d'outrecuidance autant que d'impolitique, commence par dire : « *l'émancipation du prolétariat devra se faire par les travailleurs eux-mêmes.* »

A quoi bon cette exclusion ? cet isolement dans quel but ?

Or, garantir l'échange ou la circulation entre les groupes internationaux, c'était proclamer l'équilibre de cet échange, autrement dit l'*égal échange* substitué au *libre échange* régnant, pour mettre chaque groupe national, par des garanties réciproques, à l'abri *des incursions d'un voisin plus favorisé de la nature ou plus fort en circulation industrielle.* — En un mot, c'était la prétention avouée ou non de changer les rapports économiques internationaux.

Il était évident que dans le présent comme dans la suite on devait aboutir à l'impuissance.

Que faire alors ? Préparer à l'intérieur de chaque groupe national les solutions économiques, et, une fois ces solutions faites ou préparées, faire appel à un contrat universel quand le jour favorable serait venu ; c'est-à-dire quand, par le fait de la guerre, de la révolution, on aurait vu jour à appliquer une pratique universelle de particulière qu'elle était.

Hors de là rien à faire que des déclamations et du verbiage.

Mais pour arriver à la solution préparatoire dans chaque groupe national, il fallait, avant de se mettre en marche, — avoir des définitions exactes et du but cherché, — et des moyens employés, — et des méthodes à suivre !

A-t-on défini ce que c'est que le travail au point de vue juridique ? — Non.

A-t-on défini au point de vue social ce que c'est qu'une nationalité ? — Non.

A-t-on défini au même point de vue ce que c'est que l'internationalité ? — Non.

A-t-on défini ce que veulent dire ces mots *émancipation du prolétariat,* en apparence si simples et au fond si complexes ? — Non.

A-t-on défini et précisé le résultat ou la résultante de cette émancipation ? — Non.

A-t-on défini ce que c'est que le prolétariat ou le salariat ? — Non.

A-t-on défini ce que c'est que la Petite-Bourgeoisie ou Classe-Moyenne ? — Non.

A-t-on défini ce que c'est que la haute Bourgeoisie et tout cela au point de vue de l'idée socialiste ? — Non et mille fois non.

Eh bien ! tant pis. — Quand le voyageur se met en route il doit d'abord embarquer son biscuit.

Il était fatal que faute de définitions exactes scientifiques, tôt ou tard on devait aboutir à des achoppements. — La province a donné la première le signal.

En vue de la simple formation d'un bureau de l'association internationale, — un groupe de socialistes girondins fut déclaré par ses co-associés suspect de Blanquisme, c'est-à-dire déclaré être *trop* dans la révolution. — Première faute.

Pareil reproche avait été fait en 1848 à Lammenais. — Être rejeté dans la compagnie de ces *deux nobles ascètes de la révolution* c'était faire trop d'honneur au groupe en question.

Le groupe répondit : Blanqui n'a jamais eu, sachez-le bien, ni programme, ni théorie, ni système ; *pas si simple,* disait-il. — C'était un agitateur, un impulsionnaire, un entraîneur. — En économie, aussi bien qu'en politique, le reproche manque de portée. — Nous péchons à vos yeux par trop de révolution ; soit, car la révolution pour nous est au-dessus du socialisme lui-même. — Le socialisme est la recherche des voies et moyens juridiques à un moment donné de la vie d'un peuple. — Et la révolution, c'est la recherche, l'investigation permanente et continue de la justice en tous les temps, en tous les lieux.

Proudhon, interrogé un jour par un interlocuteur en ces

mots : — Ainsi vous renoncez à la dictature ? Répondit : Je ne renonce à rien et je réserve tout.— Que signifient donc ces reproches.

A quatorze mois de distance, le même groupe, en vue d'une délégation à Lausanne, se trouve évincé comme suspect de bourgeoisisme. Il était évident que la première suspicion était la négation de la seconde. — Mais qui donc se soucie de la logique. — Il y a un proverbe qui dit : Quand on veut se défaire de son chien on trouve toujours qu'il est enragé.— Deuxième faute.

« Vous vous inspirez de Chaudey, nous dit-on, Chaudey » le Guizotin d'avant 48, le socialiste d'avant-hier seule- » ment. » — Nous répondions ceci : Entre M. Vermorel, l'avocat socialiste d'hier non sanctionné par Proudhon, et Chaudey, avocat socialiste d'avant-hier, sanctionné par Proudhon lui-même comme un de ses légataires intellectuels, nous n'avons pas à hésiter.

Eh bien ! nous, maintenant, reprenant l'offensive, nous vous sommons d'avoir à résoudre ces deux questions que nous soumettons à l'arbitrage de tous les socialistes intelligents :

1º Quel est en socialisme juridique le but positif, concret, poursuivi par le prolétariat ? Nous répondons : le but poursuivi par le prolétariat, est l'arrivée à une aisance modérée, médiocre, dans la *propriété humanisée justifiée ;*

2º La catégorie dite des Petits-Bourgeois ou Classes-Moyennes, est-elle un motif d'isolement, d'évincement, par le prolétariat en général et l'*Association Internationale* en particulier en vue du but à poursuivre.

Nous répondons carrément — Non. — Les classes-moyennes sont bien, au contraire, — *les alliés naturels du prolétariat.*

Telles sont les questions soulevées par le bureau de Bordeaux et qui, tôt ou tard, par la force des choses, se fussent trouvées à l'ordre du jour des études de l'association.

Nous prenons les devants, provoqués que nous sommes. —Tant pis pour les provoquants.

A quoi bon ces questions irritantes, nous disent nos adversaires, plus madrés que craintifs ? Demandez donc à l'espagnol s'il fait bon poser des problèmes ou chercher des solutions quand le trabuco gronde, que l'escopette hurle, que la navaja joue entre poitrines citoyennes.

Une révolution sociale ne s'improvise pas, encore moins des socialistes.

Que dirait-on d'un chirurgien qui reculerait de porter le bistouri sur une tumeur, sous prétexte d'inflammation.

Il ne s'agit plus de vendre le lièvre dans le sac, de cacher la tête des questions sous l'aile de nos autruches bavardes et routinières; c'est pendant le beau temps que le vigneron donne sa façon, que le paysan engrange son blé; c'est pendant le calme que le capitaine prend ses hauteurs, règle ses compas.

Ces faits donnèrent lieu à la protestation suivante adressée au *Courrier-Français* :

PROTESTATION DE PRINCIPES.

Les soussignés, membres adhérents de *l'Association Internationale des Travailleurs*, section de Bordeaux, ont l'honneur de faire savoir aux divers bureaux de l'Association et aux membres qui en dépendent, ce qui suit :

Considérant : que l'Association Internationale des Travailleurs à eu pour but principal de procurer par tous moyens théoriques et pratiques de fait et de droit *l'émancipation du prolétariat ;*

Considérant : que l'objectif de cette émancipation est l'exploitation capitaliste, industrielle et financière connue dans les données économiques sous le nom de *haute-bourgeoisie ;*

Considérant : que cette exploitation porte beaucoup moins dans ses effets subversifs sur le prolétaire *comme producteur* que sur le prolétaire comme *consommateur ;*

Considérant : que si un producteur arrive le plus souvent à ne créer *qu'un seul produit* d'une seule espèce, le plus souvent aussi, il en consomme *mille autres* d'espèces différentes : ce qui démontre aux yeux de tous que l'homme social et non pas tant un producteur, un travailleur, qu'un *échangiste avant tout ;*

Considérant : que tous producteurs et consommateurs sont dans la collectivité sociale de la nation fonctions mutuelles les uns des autres, sous peine de mentir *à l'état de société* et de le trahir ; et qu'il s'agit avant tout dans le but poursuivi par l'Association Internationale, d'anéantir, de renverser tous les obstacles pouvant fausser, entraver la fidélité, la sincérité, l'égalité entre rapports de producteurs à consommateurs, et réciproquement :

Considérant : que l'unité ou plutôt l'union des individus autant que des groupes producteurs, est indispensable au progrès de ladite association aussi bien qu'à sa marche ascendante ;

Considérant : qu'il est inexact, impolitique, en théorie, comme en pratique sociale, de dire que : *Les travailleurs prétendent arriver seuls et par leurs seules forces* à l'émancipation désirée ; vu que tout produit suppose une consommation et réciproquement. — Que poser ainsi le problème c'est l'amoindrir, c'est arriver de fait à l'isolement des Classes-Moyennes, autrement dites *petite-bourgeoisie*, sorties elles-mêmes du prolétariat ;

Considérant : que c'est précisément en vue de devenir lui-même Classe-Moyenne que le prolétariat milite, s'agite et combat, et que, accepter pareil isolement, c'est aller directement contre son but, et se mettre en contradiction avec ses propres idées ;

Considérant : que s'il est vrai qu'il ne doit pas y avoir au sein de l'association pas plus que dans la tenue de ses congrès annuels place pour aucune influence à subir de la part d'une coterie particulière ou d'une individualité notoire et marquante, — il n'en n'est pas moins vrai que toute personnalité connue dans le socialisme et non dans l'économisme officiel a le droit de s'y produire pour le plus grand avantage de la situation, y apporter ses vues, les fruits de son talent, de son activité, de son expérience ;

Considérant : que si l'association avec juste raison a cru se mettre en garde contre toute influence où ingérance personnelle dans l'ordre des idées économiques routinières et négatives, elle ne s'est pas interdit à elle-même l'expérimentation de telle ou telle école socialiste ;

Considérant : qu'il est de notoriété publique que l'association a montré et montre en toute occasion un penchant décidé vers le développement de *l'idée Proudhonnienne ;* c'est-à-dire vers la réciprocité bilatérale et le crédit gratuit et l'égal-échange qui sont les colonnes, le pivot de cette idée ; d'où il résulte qu'à son insu ou non l'association a subi dors et déjà *cette influence célèbre et puissante ;*

Considérant à ce propos : qu'en citant Proudhon, pour la centième fois et notamment dans ce qui suit, M. *Tolain et autres* du bureau de Paris manifestent hautement cette influence, quittes en le citant dans un des numéros du *Courrier-Français*, 14 août, à mettre leurs principes d'isolement en contradiction flagrante avec le texte même de Proudhon ;

« Toute *notre* science ne doit-elle pas consister à épier les ma-
» nifestations du peuple à solliciter sa parole, à interpréter ses
» actes.—Interroger le peuple *c'est pour nous* toute la philosophie,
» toute la politique.—P. J. Proudhon. »

Ce qui revient à dire que Proudhon en disant *nous* , *notre science*, avait précisément en vue les trop rares penseurs, les trop rares socialistes ayant usé leur vie, leur bourse, leur activité, leur intelligence, au service de l'idée sociale, et qu'il savait pertinnement, par éducation autant que par étude, appartenir à la classe-moyenne dont on voudrait s'isoler au moyen de citations aussi ignorantes qu'impolitiques.

Considérant : que si l'association doit rester close de droit aux doctrinaires de l'économisme *Malthusien et routinier*, elle doit, par droit de justice, de réciprocité, de mutualité, rester grande ouverte aux socialistes d'étude aussi bien qu'aux socialistes de pratique.—Vu que d'abord étant repoussés par les économistes eux-mêmes, comme des adversaires déclarés, leur asile naturel est sans contredit le prolétariat militant, vu que les uns et les autres, théoriciens et praticiens socialistes, en sont encore, qu'ils le sachent ou non, à l'état d'adulte, c'est-à-dire d'ignorance relative ; en un mot, à l'état embryonnaire et fœtal ; à la période d'incubation, de gestation expérimentale.—Vu enfin qu'il serait injuste au souverain degré, maladroit, impolitique, insocial, de s'isoler, de se diviser, de se séparer quand on est poursuivant de la même idée et que d'autre part on est entouré de piéges, d'entraves et d'ennemis sans nombre ;

Considérant : que cet oubli des principes, ce manque de discipline dans les idées, ce défaut de tactique, peut et doit fatalement ouvrir la porte à une foule de méprises, d'équivoques, de confusions économico-sociales, dont certes ne manqueraient pas de profiter les ennemis avoués ou cachés du prolétariat ;

Considérant : que dans la Gironde en particulier, des menées, des intrigues sourdes, s'agitent depuis longtemps en ce sens pour amener un isolement, une séparation entre les mêmes membres de l'Association Internationale au profit de quelques vanités individuelles ou de médiocrités absorbantes ;

Considérant : que la qualification de *bourgeois* appliquée à des socialistes Proudhonniens connus de longue date, par des meneurs mal intentionnés en vue d'écarter par une concurrence déloyale toute compétition à la candidature de la délégation à Lausanne, ont amené de fait une séparation flagrante entre les membres adhérents de l'association et jusque parmi *les membres eux-mêmes* du bureau Girondin ;

Considérant : que ce bureau en particulier s'est montré à l'abri des faux principes énoncés plus haut, livré à toutes sortes d'intrigues mesquines, à toutes sortes de menées déloyales, et a fait preuve d'incapacité autant que d'intolérance, de mauvaise foi autant que d'ignorance, ou manque de conduite sociale, en un mot à démontré à tous qu'il n'était qu'un foyer déguisé d'intrigues anti-sociales ;

Considérant : que Proudhon lui-même, en vingt passages de ses œuvres, a condamné de pareilles pratiques et mis à néant de si tristes manœuvres, a fait justice de si pauvres moyens, notamment dans les *Capacités Ouvrières,* pag. 437 :

« Les ouvriers n'ont vu que *leurs propres angoisses,* ils ne se
» doutent pas des tribulations bourgeoises ; devenus par la loi sur
» les coalitions les auxiliaires de l'aristocratie capitaliste contre
» la *petite industrie,* le *petit commerce* et la *petite propriété,* sans
» doute ils voteront en 1869 pour les candidats de l'administra-
» tion. Ce sera logique : libre coalition.—libre usure, libre-
» échange mériteront de leur part *contre leurs alliés naturels* cette
» preuve de dévouement.—Qu'ils y songent cependant ; ce n'est
» pas par des actes contradictoires qu'ils prendront la tête de la
» civilisation et réformeront la société;—ce n'est pas en se livrant
» âmes viles aux fantaisies de la contre-révolution qu'ils feront
» croire à la puissance de leur idée et que la capacité politique
» s'élèvera en eux à la hauteur de la science économique et so-
» ciale. »

En conséquence :

Les soussignés protestent hautement devant tous les bureaux de France et de l'étranger ; devant tous les membres adhérents quels qu'ils soient ; afin que nul n'en ignore, contre les intrigues sourdes, les menées à l'état latent qui constituent l'association à l'état de dissidence imminente, d'isolement anti-social, de malveillance continue, en attendant que cette dissidence vienne à se manifester au grand jour, — ce qui arrive aujourd'hui.

Ils déclarent en outre regretter profondément une si triste situation, funeste de tous points à l'association elle-même, et rappellent d'urgence les dissidents isolateurs aux vrais principes de la réciprocité, à l'union, à la concorde.

En foi de quoi ont signé,

(Suivent les signatures.)

RÉPONSE DU COURRIER-FRANÇAIS.

TRAVAILLEURS ET BOURGEOIS.

Nous avons reçu *d'un groupe de démocrates bordelais* une protestation contre *l'Association Internationale des Travailleurs*, et qui retombe un peu par contre-coup sur le *Courrier-Français*.

Nous croyons devoir nous abstenir de reproduire cette protestation parce qu'elle soulève des questions irritantes, et contient, à l'insu de ses auteurs, sans doute, des dénonciations d'une gravité trop grande par le temps de compression politique et sociale où nous vivons, pour ne pas aller directement contre le but qu'elle se propose, qui est de faire appel à *l'union* et à la *concorde*.

Le fond de cette protestation repose sur *une prétendue distinction* entre les travailleurs et les bourgeois d'une part, et entre la haute et la petite-bourgeoisie d'autre part; il s'y rencontre des propositions telles que celle-là, qui indiquent bien l'esprit de tout le mémoire : « Considérant que c'est précisément en vue » de devenir lui-même classe-moyenne que le prolétariat milite, » s'agite et combat. »

C'est là le socialisme entendu à la façon de M. Guizot et de la bourgeoisie doctrinaire.

Ces distinctions de classes sont tout à fait surannées, et c'est le préjugé de leur maintien qui est la plus grande cause de l'anarchie économique et sociale, caractéristique de la période actuelle.

Entre les travailleurs et les bourgeois, il n'y a pas d'autre différence réelle que celle que peuvent établir la misère et l'ignorance des uns opposée à la demi-aisance et à la demi-instruction des autres ; or, quand tous les travailleurs seront affranchis de l'ignorance et de la misère, but vers lequel il faut tendre, les travailleurs deviendront-ils *pour cela tous bourgeois* ? Non, parce que cette distinction de classes est une absurdité qui repose tout simplement sur des préjugés entretenus par la sottise et la vanité. En France, après la Révolution de 1789, qui a aboli tous les priviléges, après la proclamation du suffrage universel, qui a reconnu à tous la jouissance des droits politiques, il n'y a plus ni plèbe, ni bourgeois, ni aristocratie, ni clergé, — il n'y a que des citoyens.

A moins que l'on entende *bourgeois*, dans le sens de *travailleur enrichi et oisif*. C'est là précisément le grand vice social de la France, que cette aspiration à la richesse et à l'oisiveté, aspiration anti-sociale et stupide s'il en fût. La loi de l'homme, c'est de travailler et d'étendre progressivement le cercle de son action avec le développement de ses ressources et de ses capacités.

Les peuples anglo-saxons, qui ont les fortes qualités qui nous font défaut à nous autres latins, ne connaissent pas ce travers : ils ne se reposent jamais, leur seule ambition est de donner des développements toujours plus considérables à leurs spéculations et à leurs exploitations.

Et, comme l'observait fort bien M. Cluseret hier, à propos des États-Unis, ils se *marient jeunes* et *ont beaucoup d'enfants* parce qu'ils travaillent pour les élever, et qu'ils leur apprennent non pas l'oisiveté, mais le travail, encore et toujours le travail.

Le travail est la grande loi pondératrice de l'humanité : une société où la masse des individus aspirent à l'aisance et à la richesse pour ne plus travailler est marquée du sceau d'une irrémédiable décadence.

Ah ! si c'est là ce que vous entendez par la bourgeoisie, vous avez raison, nous sommes les adversaires de la bourgeoisie, parce qu'il n'y a pour nous de citoyens dignes de ce nom que ceux qui sont en même temps des travailleurs !

Et le but auquel nous aspirons, c'est précisément d'effacer tous les préjugés qui subsistent entre le travail manuel, d'établir la solidarité et la réciprocité entre les travailleurs de tous ordres et de toute nature, — idée que, hier, M. Corbon, dans le *Siècle*, déclarait parfaitement incompréhensible pour lui.

« Comment voulez-vous, disait-il, sans attenter à la liberté, amener l'artiste, l'écrivain de génie, à échanger quelques heures de son travail sublime contre un pareil nombre d'heures du travail vulgaire d'un manœuvre ? »

L'exemple est mal choisi, M. Corbon, le véritable travail, le travail producteur, le travail utile pour la société, c'est le travail du manœuvre, et l'homme de talent et de génie ne se rabaisse jamais pour s'y livrer.

La loi d'une société bien organisée, c'est que tous les citoyens commencent par traverser ce premier apprentissage du travail manuel, qui, quand il n'est pas vicié par l'ignorance et la misère, a ce premier avantage, suffisamment appréciable en lui-même, d'être sain pour l'âme aussi bien que pour le corps.

Chacun ensuite se développera selon ses aptitudes, mais sans conserver aucun préjugé contre le travail manuel et tout prêt à y revenir si le besoin s'en fait sentir, ce qui serait plus honnête et plus digne que de s'étioler dans une bohême honteuse, comme le font tant de fils de bourgeois, victimes des préjugés d'une éducation mal faite, et chez lesquels la vocation littéraire ou artistique n'a été qu'un prétexte à la fainéantise *et au dévergondage*.

L'art alors deviendra une fonction sociale ; quand un écrivain ou un artiste d'un véritable talent aura produit quelque œuvre vraiment belle et grande, durant les quelques heures qu'il aura pu dérober quotidiennement au travail manuel, — la société verra s'il n'y a pas lieu de lui créer des loisirs soit accidentels, soit définitifs, pour qu'il puisse développer librement son génie. Mais, précisément, cette éducation laborieuse par laquelle l'artiste aura passé, sera la meilleure garantie de qualités morales qui le rendent digne de cette distinction à laquelle nous faisons allusion.

Le gouvernement des peuples n'appartient pas davantage à une classe privilégiée et dirigeante : il appartient à ceux qui, en développant leur capacité dans la vie commune du travail austère, auraient su se concilier la confiance et l'estime de leurs concitoyens. Ces distinctions de classe n'existent pas aux États-Unis, où c'était hier un bucheron, c'est aujourdhui un tailleur qui occupe la plus haute fonction de l'État. Nous le déclarons nettement : c'est là notre idéal.

Nous soumettons ces quelques observations à nos correspondants bordelais, et nous sommes tous prêts à accepter avec eux aussi bien qu'avec tous autres, la discussion sur ce terrain, s'ils croyaient utile de l'engager.

A. VERMOREL.

RÉPLIQUE.

Votre premier devoir vis-à-vis du *groupe dissident socia-* *liste* de la Gironde était de publier telle quelle leur protes-tation en son entier ou à peu de modifications près.

Plus que tout autre, vous y étiez tenu en vertu de vos principes de réciprocité, de mutuellisme juridique. — Cette publicité était un droit à eux acquis.

Cela établi, voyons la portée de vos attaques. Par une contradiction vraiment curieuse après vos refus, vous les provoquez sur le terrain de ce même journal dont vous avez eu soin, geôlier prudent, de leur fermer la porte au nez.

Quelle idée avez-vous donc, Monsieur, et de l'intelligence des gens et de leur délicatesse? Quoi! vous fourbissez vos armes à votre aise, vous flanquez de côté celles de vos adversaires ou de vos contradicteurs, vous choisissez pen-dant un mois entier le pré du combat, la part d'ombre et de soleil, vous frappez les trois coups réglementaires de l'attaque et vous leur supposez assez de bonhomie pour accepter la lutte dans des conditions si inégales, si sin-gulières.

Non, Monsieur, ce n'est pas ainsi que se passent les choses en Province pas plus qu'à Paris. Nous sommes les attaqués et partant libres, à défaut de votre feuille, de choisir notre heure et notre lieu. Si vous avez à cœur d'être *chez vous*, nous tenons encore plus fort d'être *chez nous*.

Maintenant, discutons :

Pour vous soustraire au devoir qui vous est imposé par le droit de réciprocité mutuelliste, vous invoquez trois faux-fuyants.

Le premier, la crainte de soulever des *questions irritantes.* — Mais vous oubliez, Monsïeur, que nous sommes à l'état de défense et non d'attaque ; à l'état de défendeurs comme vous dites au palais, et non de demandeurs. — Tàchons, avant tout, de garder chacun nos rôles. — Car la protestation dont s'agit avait en vue précisément de mettre à néant la qualification agressive, exclusive, et les menées déloyales dont le groupe est las depuis quinze mois d'être la victime et la dupe de la part de jeunes intrigailleurs.

A chacun le sien, et le diable n'a rien.

Le deuxième faux-fuyant est celui-ci : encore la peur de mettre à jour des dénonciations *d'une gravité trop grande*. — Mais ces dénonciations ont pour but de démasquer les faux-frères en socialisme, les gamins politiques, les médiocrités sournoises et envieuses.

De deux choses l'une : ou ces dénonciations sont fausses ou elles sont vraies ; dans les deux cas, les co-signataires de la protestation déclarent en assumer la responsabilité. — Ils n'ont que faire de vos airs et de vos inquiétudes par trop peu charitables pour nous et trop prudentes pour vous.

Troisième faux-fuyant. Vous vous rabattez sur la compression gouvernementale. — Elle a bon dos, la compression, et c'est ici que l'on pourrait dire « à quelque chose malheur est bon. » — Que de ripostes, que de discussions elle a sauvé à plus d'un journaliste aux abois !

Vous feignez de craindre l'accusation du délit d'excitation à la haine et au mépris des citoyens les uns contre les autres ; certes, rien qu'à la pose, à l'ensemble du débat, nul n'aurait pu s'y tromper ; on aurait vu, et de reste, qu'il s'agissait de divergences économiques et de rien autre. — *Ruses de guerre que tout cela.* N'est-ce pas vous qui insériez il y a un an cette proposition si maladroite, si anti-économique, si anti-Proudhonnienne. — Nous sommes *ouvriers avant tout.*—Où donc aviez-vous mis vos besicles politiques, le jour de cette incartade politico-sociale.

Cessez donc de trembler ou nous cessons d'écrire. Votre mission avant tout n'est pas, comme vous l'avez dit, de défendre un journal ou votre journal que vous sentez, dites-vous, un peu attaqué, et par ricochet; mais bien de défendre l'idée Proudhonnienne dont vous vous êtes fait un beau matin, et par grâces d'Etat, le porte-étendard.

Mais pour la défendre, cette idée, il faut avant tout la connaître, et surtout ne pas la méconnaître par une interprétation erronée.

Les principes de l'idée Proudhonnienne ont-ils été méconnus oui ou non ? voilà toute la question. — Or, nous disons qu'ils sont méconnus. — De plus, il résulte de cet aveu et de cette situation, qu'il y a identité de vue entre M. Tolain, consorts, etc., et vous.

Prenons acte de cet aveu pour l'avenir. Vous affectez de désigner le groupe dont il est question, par la désignation malicieusement erronée de *démocrates bordelais.*

De même que votre procédé péchait par la déloyauté, vous n'allez pas tarder à voir que votre désignation n'est rien moins qu'une contre-vérité.

« C'est là du socialisme entendu à la façon de M. Guizot » et de la bourgeoisie doctrinaire. »

Examinons :

Et d'abord, si vous aviez eu la loyauté de mettre des noms à jour et de publier les considérants invoqués, il n'est pas un seul girondin qui n'eût ri de votre méprise, à votre nez et votre barbe, même parmi les écoliers politicailleurs qui jouent au socialisme comme l'on joue au bilboquet, à la cligne-musette.

Depuis quinze ans, le promoteur de la protestation, aidé de quelques amis, a été au vu et su de tous, le propagandiste le plus décidé, et nous osons dire le plus intelligent peut-être en province de l'idée Proudhonienne ou du socialisme juridique.

Où donc était M. Vermorel à cette époque. Il était encore dans les mirnes, dans les limbes de la politique; il était sur les bancs de l'école de droit. Peut-être étudiait-il Dalloz et Justinien chez le *père Lahire*, à la Chaumière ou au Prado ?

En 1863, le même homme, à ses risques et périls et avant Proudhon lui-même, posait de son initiative fédéraliste et privée le drapeau de *l'abstention* en face des élections de l'opposition assermentée.

Grâces à cette manœuvre, et malgré l'embargo du parquet, quelques exemplaires d'un *manifeste* hautement Proudhonnien et abstentionniste arrivèrent à point pour embarrer le candidat démocrate-doctrinaire de la Gironde, et M. André Lavertujon rata de quarante voix les gradins du Palais-Bourbon.

Où donc était M. Vermorel à cette date ? M. Vermorel, sous la capitainerie de Girardin, battait en brèche dans la *Presse* l'abstention Proudhonnienne, servait de marche-pied, d'escabeau, aux démocrates-doctrinaires, faisait la courte-échelle aux Jules Simon, aux Jules Favre, aux Garnier-Pagès, et jettait des bâtons dans les roues des candidatures ouvrières.

Le socialisme à Bordeaux avait donc gagné ses éperons et ses galons, que M. Vermorel n'avait pas encore mis sa première molaire socialiste.

Il y a mieux, le signataire de ce manifeste recevait de la main même du *grand soldat du droit*, comme l'appelle Langlois, les remercîments les plus chauds, les éloges les plus flatteurs.

Le même homme, correspondant amical de Proudhon, acceptait de ce maître glorieux, et cela en vingt occasions différentes, des diplômes en règle sur la sagacité, la pénétration dont il avait su faire preuve à l'endroit de l'idée Proudhonnienne, dans des termes trop récents pour être oubliés de sitôt :

« Vous qui savez si bien courir au-devant de ma pensée » quand tant d'autres ont de la peine à me suivre.»

Que diable faisait donc M. Vermorel du vivant de Proudhon pour apprécier si tard cet immense génie debout, cette conscience plus vaste encore.

Quoi ! il n'a fallu à M. Vermorel comme à tant d'autres néophytes Proudhonniens, rien moins que la mort de l'illustre penseur, il a fallu à ces tardigrades de la justice, la fin *du grand Justicier*, pour savoir au juste ce que pouvait valoir sa peau, comme talisman de publicité.

Tant pis alors et pour l'intelligence et pour la conscience de nos Epiménides socialistes.

Pur machiavélisme donc, de prendre les trois lignes traditionnelles d'un homme ou d'un mémoire pour le pendre au crochet de la critique. — Ce n'est ni juste, ni juridique.

Si du moins l'accusation de juste-milieu portait droit ? Mais à Proudhon lui-même, de son vivant, pareille accusation lui fut jetée à la face par les libertaires ahuris, les économistes déroutés, et pour le malheur de nos Machiavels du passé et pour ceux du présent, le terrible paysan Franc-Comtois a pris soin de répondre pour nous.

Pauvre victime des avocats et des rhéteurs pendant ta vie, ces mêmes hommes trouvent le moyen ou l'impudence de se servir de tes ossements, pour en faire étalage politique !

Voilà ce que, vivant, tu leur disais à ce sujet, pag. 67 et 68, — *Contradictions économiques:*

« Députés, journalistes, ministres mêmes, ne compren-
» nent pas que le progrès est la résultante de deux termes
» contradictoires ; ils ont peur de s'arrêter en chemin et
» d'être traités de *juste-milieu ;* ne sachant qu'il y a aussi
» loin du juste-milieu à la synthèse, que de la cécité à la
» vision.............. Rien ne ressemble, plus, je le sais, au
» juste-milieu, que l'équilibre ; mais rien au fond ne dif-
» fère davantage ; et pour ne pas m'égarer ici en longues
» subtilités, je me bornerai à faire remarquer une fois
» pour toutes que le juste-milieu est la négation de deux
» extrêmes ; mais sans affirmation, sans nulle connais-
» sance, sans définition aucune du troisième terme, du
» terme vrai ; tandis que la connaissance synthétique, la
» vraie pondération des idées, est la science et la défini-
» tion exacte de ce troisième terme, l'intelligence de la
» vérité, non-seulement par ses contraires, mais en elle-
» même et pour elle-même.......

» C'est cette fausse philosophie de juste-milieu, d'éclec-
» tisme, de doctrinalisme, qui aveugle encore aujourd'hui
» les économistes. »

Eh bien ! Monsieur, qu'en dites-vous ? Est-ce du Guizot

cela et de la bourgeoisie doctrinaire ? C'est que, voyez-vous, on n'improvise pas plus un socialiste juridique que l'on n'improvise une révolution. La faculté improvisatrice, ô avocats ! c'est là ce qui vous tue. Pareils aux Pradel, aux Collin, vous croyez tout savoir à l'aide de votre droit routinier et coutumier ; vous vous fiez à vos poumons et vous vous trouvez, de fait, ne savoir que l'ombre des choses.

O avocats ! qu'avez-vous fait de 1830 ? Qu'avez-vous fait de 1848 ? Que feriez-vous encore, si vous teniez la queue de la poële de la révolution ?

Ainsi donc, voilà qui est clair.— Dire que : « *c'est préci-* » *sément en vue de devenir lui-même Classe-Moyenne, que* » *le prolétariat s'agite, milite, combat* » — c'est, dans la bouche d'un socialiste Proudhonnien, affirmer du même coup la solution de l'équation sociale réalisée ; la pondération des intérêts faite et accomplie ; c'est dire que le prolétariat dégagé des tribulations, la Classe-Moyenne arrachée à ses angoisses, ne feraient désormais qu'une seule et vaste synthèse. — C'est-à-dire, encore une fois, la production équilibrée et calibrée, la consommation étant mise à la portée de tous, en qualité, quantité et quotité, le prolétariat et la Petite-Bourgeoisie se trouvent de fait arrivés à cette aisance, cette médiocrité dorée, tant vantée par la sagesse de l'antiquité.— *Auræa mediocritas !* — Dès lors, les appellations ou catégories de Bourgeois petits et hauts, de salariés ou prolétaires, n'ont plus de raison d'être !

Voilà ce que M. Vermorel, avec un peu moins de tornioles juvéniles, un peu moins de suffisance improvisatrice, eût parfaitement saisi et compris. — Ceci dit, — paix sur la terre aux socialistes de bonne volonté !

Sans compter, en outre, que le maître a pris soin de nous prémunir contre l'illusion toute benoite, toute gratuite que nous prête la malice avocassière de notre critique quand il nous dit de sa meilleure plume de Tolède :

« Or çà, quand les travailleurs seront affranchis de » l'ignorance et de la misère, but vers lequel il faut tendre, » les travailleurs deviendront-ils pour cela *tous bourgeois ?*

Eh ! de grâce, avocat, qui diable vous en demande tant que cela ? mon doux Jésus !

Donc, comprenez mieux votre maître, et instruisez-vous.

— Page 250, *Idées générales de la Révolution au* XIXme *siècle*, il nous donne ce petit avis que je vous recommande à vous et aux vôtres :

« Ainsi, je ne considère pas comme tombant dans le cas
» juridique de la division du travail et de la force collec-
» tive, cette foule de petits ateliers qu'on rencontre dans
» toutes les professions, et qui me paraissent à moi, l'effet
» des convenances particulières des individus qui les com-
» posent, beaucoup plus que le résultat organique d'une
» combinaison de forces. Le premier venu capable de
» tailler et de coudre une paire de bottes, peut prendre
» patente, s'installer dans un magasin et mettre sur son
» enseigne : *Un tel, marchand-fabricant de chaussures,* bien
» qu'il soit seul à travailler derrière son comptoir. Qu'à
» cet entrepreneur solitaire se joigne un compagnon qui
» aime mieux se contenter du salaire de sa journée que
» de courir les chances du commerce, de ces deux hom-
» mes, *l'un se dit patron, l'autre ouvrier;* au fond, ils se-
» ront parfaitement égaux.»

Donc, grâces au ciel, nous aurons encore des bourgeois
et des ouvriers; des bourgeois cordonniers pour faire des
cuirs, même au congrès de Lausanne, des gamineries au
bureau de Bordeaux, et des bourgeois-avocats pour impro-
viser du velours à propos de tout et de rien, *de omni re
scibili,* et des ouvriers de sens et de tête, qui préféreront
quelquefois rester tels, et cela jusqu'à fin d'herbe, jusqu'à
la consommation des siècles.— Amen !

Ainsi, nous voilà sauvés. — Il ne s'agissait que de s'entendre et de se comprendre.

Cela nous prouve que l'étiquette ne fait pas le vin. — Il
ne s'agit pas seulement de mettre sur son enseigne : Ici l'on
vend du Médoc. — Ce Médoc pourrait bien n'être que du
piqueton. — Il ne s'agit pas de mettre : Ici l'on vend du
Proudhon quand ce n'est que du Vermorel !

Continuons :

« En France, dites-vous, la révolution de 89 a aboli tous
» les priviléges; après la proclamation du suffrage univer-
» sel qui a reconnu à tous la jouissance des droits politi-
» ques, il n'y a plus ni plèbe, ni bourgeois, ni aristocratie,
» ni clergé. — Il n'y a que des citoyens. »

Tout doux *maître l'Intimé*. — La révolution n'a pas aboli tous les priviléges, toutes les corporations, et les administrations donc, et les compagnies, et les soldats, les universites, les normales, la magistrature, etc., etc. Qu'est-ce donc que toutes ces professions dites libérales, sans doute parce que les autres sont dites serviles. — Et la noble et haute corporation des avocats. — Ceux-là ne sont pas morts tant s'en faut : à la tribune, au barreau, au journal, on les entend et de loin presqu'autant que ces palmipèdes sacrés qui sauvèrent jadis le Capitole de la brutalité des Gaulois nos pères !

Tout doux encore ! La révolution de 1789 a aboli les priviléges politiques..... soit.... et encore. Mais entre socialistes juridiques il s'agit bien de cela, en vérité. — Il s'agit de priviléges économiques. — Possible que le droit dans les personnes ait été reconnu. — C'est le droit abstrait. Mais le droit réel, le droit concret, le droit économique, le droit dans les choses et devant les choses, où diable est-il ? Et c'est précisément de cela qu'il retourne entre nous, discutants socialistes, — encore une fois.

Donc modérons-nous. — Il n'y a pas que des citoyens comme vous voulez bien le dire, et votre tirade porte à faux.

Il y a des sujets et des sujets encore, ce qui n'est pas même chose, tant s'en faut.

Comptons les sujets sans nombre de la misère, ce tyran aux mille bras ; les sujets de l'ignorance, ce despote de l'intelligence ; les sujets de la finance, de l'usure, du capital, les sujets des administrations, les sujets des monopoles, les sujets de l'armée, les sujets de l'école, car rien de tout cela n'est libre, — les sujets même des avocats, demandez aux pauvres plaideurs et vous verrez ce que c'est, *ô vous de la basoche*.

Des citoyens, grand Dieu ! mais Diogène avec sa lanterne n'en trouverait pas un seul dans Paris, midi sonnant. —

Trève de plaisanterie.

« Cette distinction de classes est une absurdité qui re» pose tout simplement sur des préjugés entretenus par la » sottise et la vanité, » dites vous encore.

Ah ! vous appelez ces dénominations des préjugés n'ayant en soi rien de réel. — Eh bien ! nous, Monsieur, nous disons et maintenons que les distinctions de classes sont au fond de véritables distinctions d'intérêts économiques et sociaux.

Mais alors pourquoi donc perdre votre temps à vouloir faire du socialisme boiteux, il est vrai, dans les feuilles publiques.

Doctrine que tout cela à l'usage des badauds de Paris et des béotiens de province, — dirons-nous à notre tour.

Eh bien ! à ce propos, voici la proposition d'un socialiste Proudhonnien : — Nous prétendons « que sous prétexte de » trop facile popularité, la préoccupation d'écarter adroite-» ment la mention et distinction des classes que l'économie » politique et l'économie juridique sont obligées de consta-» ter dans les catégories de capitalistes-entrepreneurs, mar-» chands-fabricants, d'une part, et d'ouvriers salariés de » l'autre, une telle préoccupation à elle seule suffirait ample-» ment pour rendre un homme plus *que suspect au socialiste* » *militant.*

» En tout cas, et pour emprunter à M. Vermorel son pro-» pre langage outrecuidant, nous le défions, lui et *tous au-* » *tres*, d'expliquer la distinction de fait de ces classes, nos » mœurs sociales et politiques et surtout l'importance du » revirement économique si ce revirement ne porte pas » précisément *sur un parcage des citoyens.* »

Tirez-vous de là si vous pouvez.

Pas n'était besoin donc à cet endroit de nous délayer une homélie sur le dévergondage et la luxure des siècles ; fallait laisser cette spécialité au sycophante Pelletan qui s'en ac-quitte à merveille.— Demandez lui des Babylones, il vous en donnera par douzaines. Pas n'est bien de voler ainsi les jéré-mies de la révolution. — *Lugentes et flentes super flumina !*

A chacun ses oies à plumer.

A ce sujet, nous sommes parfaitement d'accord, et pour ne pas vous laisser ignorer notre pensée nous vous dirons ceci : « Oui l'indignité française est à son comble, oui l'indignité » de l'Europe la suit et la devance, deux cités au monde sont » la honte de l'humanité.— Londres et Paris, voilà les deux » chancres de l'univers. Que faire alors contre ce déborde-» ment d'immoralité ? Rien.—Rien.—Rien. Tant que vous » aurez des agglomérations de deux millions d'hommes grou-» pés sous l'anarchie des intérêts, le scepticisme des con-

» science, il n'y a pas au monde de remède scientifique à
» pareil fléau. »

Mais le socialisme juridique, direz-vous ?

Le socialisme juridique, pas plus que le socialisme frater-
nitaire, pas plus que le socialisme communiste, pas plus que
le socialisme harmonien. — Rien n'y fera.

Que faire donc encore une fois ?

Cette fois-ci votre demande est insdiscrète. — Demandez
à Néron ce qu'il faisait quand il incendiait Rome, la grande
sentine de l'univers au dire de Suétone.

Il épurait la civilisation.

Proudhon, lui aussi, semble s'être rallié à cette idée impé-
riale. — Page 271, *La guerre et la paix*, il nous dit :

« Resterait, pour consolider l'œuvre, à détruire Paris, et
» détruire Paris, ce n'est pas en raser les maisons; Paris
» est plus que de la matière ; c'est une idée, et c'est l'idée
» qu'il faudrait atteindre. Il suffirait, après la décentralisa-
» tion de l'Empire , de démolir les cent cinquante princi-
» paux monuments de la capitale , églises, palais, théâtres,
» ministères, mairies, musées, casernes, prisons, hôpitaux,
» écoles , académies , conservatoires , tribunaux , halles,
» entrepôts , arcs-de-triomphe , colonnes, la Bourse, la
» Banque, l'Hôtel-de-Ville, les ponts et les gares de che-
» mins de fer; tout le mobilier appartenant à l'Etat, à la
» ville et aux établissements publics, déménagé et distribué
» *aux douze nouvelles capitales.* — Avec une masse de
» population comme celle de Paris, rendue disponible, et
» qu'il serait facile, en la renvoyant dans ses départements,
» d'intéresser au succès de l'opération ; huit jours suffiraient
» pour couronner cet acte de suprême vandalisme. »

Nous vous engageons à méditer cette page, et vous aurez
la clé de la solution de l'ignominie de Paris. — Nous vous
recommandons surtout *les douze capitales* !......

Ceci dit, continuons :

Pas n'était besoin non plus, pour lui donner plus d'autorité, de mettre votre homélie sous le chaperon à plumet
du général Cluseret.

Que les arrogants américains *fassent des enfants* tant
qu'ils voudront; si cela vous va, à nous aussi. —Qu'à côté
de cela ils ferment le dimanche et adorent le veau d'or, à

cela, nous ne voyons rien à répliquer. — Mari est maître à l'alcôve et meunier au moulin. — Affaire de momerie, après tout.

Cet apologue ou cette apologie doctrinale revient à dire ceci : que la pratique des vertus conjugales mène droit à la conquête des libertés politiques. — Mettons ! nous verrons plus bas.

Pour l'instant, il résulte de cette morale en action que l'américain dévot et vertueux sait faire des enfants ; que le français impie et libertin a désappris ce métier, et comme corollaire, que travail et bien-être sont générateurs de travail au physique et au moral. En un mot, nous ne savons plus *besoigner*, pour parler le langage des gaulois nos pères, ni aux champs, ni à l'atelier, ni à l'alcôve.

Mais pâques-dieu ! en définitive, à qui donc s'adresse ce prône méthodiste ? A coup sûr, ce n'est pas aux prolétaires, car le mot de prolétaire, dans sa traduction littérale, signifie ni plus ni moins *fabricant d'enfants* ou de races, et *fabricant de produits* tout à la fois !

Socialistes et économistes, tous sont d'accord sur la trop grande productivité de *la misère*.

Soit d'après Ricardo, soit d'après Malthus, d'autre part, le bien-être se trouve à point être un réfrénateur souverain de la *muqueuse prolifique*. Et c'est précisément en vue de la vertu trop prolifique, trop fécondante des prolétaires que le trop célèbre *Malthus* réclamait la loi infâme qui porte son nom, de ses compatriotes saxons, c'est-à-dire le réfrigérant si indévotement appliqué de nos jours dans les mystères de l'alcôve. — Nous voulons dire le *moral restreint !*

Donc, donner la multiplicité des enfants comme moyen de progrès politique, c'est faire deux choses : faire de la doctrine banale à la façon de Guizot, ou bien faire un paralogisme, c'est-à-dire se mettre à côté de la question.

Il ne s'agit pas de la politique de sentiment, mais bien de la politique sociale et positive. Or, en politique sociale, il s'agit de ceci : quel est le rapport, quel est l'équilibre à trouver entre la population et les subsistances ?

Que nous prouve donc le nombre plus ou moins élevé d'enfants que peuvent fabriquer et le formaliste américain et le momier saxon. Là n'est pas la question. — C'est un hors-d'œuvre d'avocat et la jérémiade porte à faux.

Sans compter qu'elle ne saurait s'adresser à des hommes de quarante à cinquante ans, mais bien plutôt à la génération dont fait partie M. Vermorel, en vertu de ses vingt-cinq ou vingt-huit ans, âge heureux de la légèreté !

A qui donc peut-elle avoir trait. Ah! parbleu, c'est bien simple. — Elle va droit au cœur de la haute bourgeoisie, l'objectif de la révolution sociale.

Mais, grâces au ciel, elle ne saurait s'adresser aux *classes dites moyennes ou Petite-Bourgeoisie*, vivant au jour le jour d'un maigre péculat ramassé sous le feu des batteries du budget, ramassé sou à sou, sac à sac, portant le poids du jour, le bât de l'impôt ; soit vertu, soit nécessité, elles savent pratiquer ces vertus de la famille réclamées du haut de sa chaire par *l'austérité de Vermorel* doublée de *l'austérité américaine*.

L'austérité de la gent avocate ! Fallait venir à la deuxième moitié du XIXᵐᵉ siècle, en l'an de disgrâce 1867, pour entendre pareilles musettes. Quelle dérision !

Ce qu'il y a de mieux en cela, c'est que le rédacteur en chef du *Courrier-Français,* dans sa dévote poursuite, n'a pas même l'air de se douter du haut intérêt que son maître, en justice sociale, prenait en toute occasion à l'endroit de ces petits bourgeois qu'il appelait lui, très-carrément, « *les alliés naturels du prolétariat.* » Citons lui donc, pour son édification, un extrait de la page 436 des *Capacités Ouvrières,* et il saura désormais à quoi s'en tenir dans sa ligne politico-sociale, vis-à-vis de ces classes intéressantes à tous égards et qu'il est impolitique et injuste au plus haut degré de méconnaître un seul instant sans exposer la plèbe elle-même aux déceptions les plus cruelles, aux amertumes de l'avenir. — Citons :

« Je l'ai dit et je le répète : une position fatale est faite
» en ce moment à la Classe-Moyenne. Je n'ai garde d'en
» accuser personne ; ni le gouvernement qui a cru faire
» acte de libéralisme en signant le traité de commerce ;
» changeant la loi sur les coalitions et faisant mettre à l'é-
» tude une loi plus funeste encore sur la liberté de l'usure ;
» ni la haute Banque, ni les grandes compagnies, ni la

ô grande propriété. — Personne n'a la moindre conscience
» de ce qui se passe au loin ; s'il était possible d'imaginer
» une incarnation du destin, et de donner à cette incarna-
» tion une âme, un esprit, une conscience , je dirais de ce
» monde anarchique et féodal tout à la fois, qu'étant in-
» consciencieux , partant irresponsable comme le destin
» qu'il représente, toute accusation tombe devant lui. Ce
» que j'accuse, se sont d'abord les instincts contre-révolu-
» tionnaires de l'époque dont le principe est dans la ter-
» reur socialiste, c'est le système de concentralisation poli-
» tique balancé par un capitalisme anarchique , système
» incompatible *avec les libertés et garanties de 89, ayant*
» *elles-mêmes leurs expressions dans la Classe-Moyenne.*

» Cette classe moyenne, au sein de laquelle la démocra-
» tie travailleuse *mieux inspirée* déclarait, il y a un an,
» vouloir *s'absorber tout entière*, ne semble-t-il pas qu'on
» travaille de toutes parts, avec une sorte de fanatisme, à la
» démolir , *qu'on veuille la ramener au salariat.* — Chaque
» jour la faillite fait de larges trouées dans les rangs des
» petits bourgeois; chose plus insupportable encore, la gêne
» continue, la vie au jour le jour, la misère secrète les
» déciment. — Est-ce clair, tout cela ? »

Il y a plus encore, il n'est pas jusqu'aux associations
ouvrières des grandes industries, dans le sein desquelles
Proudhon conseille l'admission des petits bourgeois. — Et
pourtant, ce sont celles-là qui forment l'avant-garde, le fonds,
le tréfonds de la révolution sociale. — Écoutons, page 258,
Idées générales de la révolution sociale au XIXme *siècle* :

« Force serait donc, pour ce qui concerne l'exploitation
» des grandes industries d'associer aux travailleurs affran-
» chis, des *notabilités industrielles et commerciales* qui les
» initient à la discipline des affaires. — On les trouverait en
» abondance ; il n'est bourgeois sachant le commerce, l'in-
» dustrie et leurs innombrables risques, qui ne préfère un
» traitement fixe et un emploi honorable dans une compa-
» gnie ouvrière, à toutes les agitations d'une entreprise per-
» sonnelle. Il n'est commis exact et capable qui ne quitte
» une position précaire pour recevoir un grade dans une
» grande association. Que les travailleurs y songent, *qu'ils*
» *se défassent de tout esprit mesquin et jaloux, il y a place*

» *pour tout le monde au soleil de la Révolution.* Ils ont
» plus à gagner à *des conquêtes* de ce genre qu'aux tâton-
» nements interminables, toujours ruineux, que leur feraient
» éprouver des chefs dévoués, sans doute, mais peu capa-
» bles. »

Donc, avoir l'intelligence de l'idée Proudhonnienne, c'est
à la fois avoir l'intelligence et des besoins de la Classe-
Moyenne et des nécessités des prolétaires. Aux yeux du vrai
Proudhonnien vieilli dans l'étude de cette idée éminemment
juridique, les deux problêmes *ne font qu'un!*

Rien de si superficiel, de si maladroit, de si mal-avisé
que de nier l'existence des classes ; c'est nier l'évidence et
sous prétexte d'une prudence niaise qui ne peut être profi-
table qu'aux brouillons et aux braillards, aux ennemis de la
révolution, c'est mettre la lumière sous le boisseau, quand
le premier devoir de tout socialiste est d'y apporter la plus
grande somme possible de clarté.

Quoi! braves gens, braves néophytes, braves barbons du
socialisme, vous traversez le grand bois, la forêt de Bondy
de l'usure, du capitalisme, de la bancocratie, de la concen-
tration à cent et une atmosphères, et vous vous figurez
benoîtement en être quittes en sifflant des airs de routine et
de bénalité pour vous donner du cœur au ventre, croyant
ainsi mettre en défaut *messieurs les limiers.*

Erreur, ces messieurs, en gentlemen accomplis, en sport-
men de haute-futaie, connaissent leur *stud-baock*, leur
derby, et ils vous attendent aux quatre chemins pour vous
détrousser galamment, *le jouvin* aux doigts, *monocle* à
l'œil. — Pitié de vous, si vous n'avez pas d'autre corde à
votre guitare, d'autres flèches au carnier.

Oui, dans le socialisme Proudhonnien ou plutôt dans les
lois de la nature auxquelles le génie juridique de Proudhon
l'a emprunté, travailler, travailler encore, travailler toujours
voilà le lot, le but ici-bas. — Nous savions cela avant vous,
mieux que vous, car, dans une propagande de quinze
années, nous avons démontré que le travail est le générateur du droit, que le travail est générateur de travail, qu'il
est, en un mot, l'alpha et l'oméga de la civilisation.

« *Travailler et consommer dans la justice,* telle semble

» être la destinée de l'humanité sur cette terre, a dit encore
» le maître. »

Et le jour où, sans ambages, sans réticences, sans équi-
voque, vous voudrez poser la solution Proudhonnienne aux
yeux des prolétaires étudiants dans sa concrétion la plus
brutale, vous pourrez bien dire ceci :

« Dans l'idée Proudhonnienne, il s'agit, en définitive, de
» produire le plus possible à zéro de salaire pour arriver
» à consommer le plus possible à zéro de prix, — si l'on
» peut dire. »

Voilà l'idée expliquée en deux mots, quant à sa portée
économique et sociale.

Et cela, nous l'avons si bien compris que, de longue date
déjà, appliquant la pratique au précepte, nous avions eu
soin de prendre les devants, certains que sous la *roche du
travail manuel* se cacherait tôt ou tard quelque scorpion
de mer que des contradicteurs affolés ne manqueraient pas
de nous lancer dans les jambes.

Grâce au socialisme, nous avons l'honneur de savoir ma-
nier d'autres outils que la plume et le poinçon de l'analyse, comme le célèbre vigneron de *La Chavonnière, Paul
Louis Courrier*, et nous aussi nous sommes *arboriculteur*
et *vigneron*, avec le talent de moins, hélas ! que sans cela
nous nous fussions empressé de mettre à votre disposition,
et nous offrons de faire nos preuves devant telle commission
que l'on voudra. C'est là notre idéal, nous dit le rédacteur
en chef du *Courrier*. Nous avons, nous, qualité pour le dire,
mais lui, est-il bien sûr de pouvoir justifier être capable de
travail manuel autant que de travail intellectuel ? — Nous
l'ignorons.

Il y a plus. Que de fois n'avons nous pas répété à qui
voulait entendre la boutade de titi le faubourien, disant au
voyou son ami : « Appelle-moi Papavoine si tu veux, mais ne
m'insulte pas ; ne m'appelle pas *géomètre*. » Nous aussi nous
disons : « Qu'on nous nomme de tel nom qu'on voudra,
nous répondrons, mais *avocat ou gent-de-lettre*, pourdieu
nous nous fâcherons ! »

Tous nos co-signataires, en outre, sont eux aussi, des travailleurs manuels pour la plupart. M. Vermorel pourrait-il

en dire autant, lui qui n'a pour outils que la langue et la plume.

A quoi bon nous rappeler, et le *bucheron Lincoln* et le *tailleur Jhonson* aux Etats-Unis. — Aux Etats-Unis, que nous sachions, on n'a pas la prétention, tant s'en faut, de sacrifier les Classes-Moyennes sur l'autel du prolétariat. — *Pas si pecques les américains* de tomber dans pareil four.

Mais alors, quand on se dit appartenir à une idée quelconque on la met au jour avec franchise, et si l'on est Comité de Paris ou Association Internationale à Lausanne, on dit dans les Statuts :

« Quiconque ne pourra justifier d'un état manuel ne » pourra faire partie de l'association. »

C'est brutal, il est vrai, mais reste aux bourgeois, aux lettrés, aux penseurs, de se mettre en mesure, et tant pis pour eux. — Si le droit, si la logique n'y trouvent pas leur compte, du moins la loyauté y trouve le sien. — Et la loyauté, c'est le commencement de la justice.

Et les apprentis du socialisme ne courent pas le risque de faire fausse route.

Quant à l'art, laissons-le de côté si vous voulez bien ; son impureté actuelle nous dispense d'en parler pour le moment ; à un autre jour d'en causer. — Quand la maison brûle, il s'agit bien, en vérité, de la bécasse qui cuit à la broche !

Honte à qui peut chanter pendant que Rome brûle !

L'art actuel c'est la Bohême et le désordre érigés en latrie. — Demandez à Dumas ce qu'il pense aujourd'hui de *Désordre et Génie*. Demandez à l'Italien où l'art l'a mené, où il le mènera. — Fainéantise, corruption, latrie, idéalisme, et non pas idéal. La fièvre au lieu de la vie, la mousse au lieu du vin. — Pouah !

Mais comme le journal des *Débats* et l'école de Guizot, l'école doctrinaire, que vous suez par tous les pores, sans vous en douter, pas plus que M. Jourdan faisant de la prose, vous n'avez la bouche pleine que des *américains*. — Revenons y donc, puisque vous y tenez, et tâchons de voir ce que cette race surfaite comme tant de gens et de choses de ce temps-ci a dans le ventre.

Mettons que la vertu conjugale ait valu à l'américain les acquêts et conquêts des droits politiques ou droits personnels. — Mettons que l'américain ait échappé au malthusianisme de l'alcôve et de l'oreiller. — Reste à savoir s'il a su éviter le *Malthusianisme de la caisse et de l'usure*.

Or, dans les colonnes du *Courrier*, le moraliste quel est-il ? Le général Cluseret *qui ne fait pas du sentiment, mille tonnerres !* Mais qui recommande de faire des enfants comme régime politique et économique. Or, nous ne connaissons que les bêtes qui s'accouplent ainsi sans le sentiment ; aussi nos paysans disent-ils encore : ma femelle, la femelle. — Donc pas de sentiment, et en avant *Go a head !*

Qu'est ce que le général Cluseret ? Un français d'origine ayant renié son pays. — Certes, nous admirons de toute notre âme les révolutionnaires, les républicains exilés volontaires qui vont pleurant sur la terre étrangère les fautes, les défaillances de la patrie en deuil. Honneur aux *Dufraisse*, aux *Félix Pyat*, aux *Louis Blanc, et tant d'autres.* Honneur aux patriotes malheureux partout où ils se trouvent et que le vent de la patrie leur apporte notre cordiale poignée de main. — Mais ceux-là, que nous sachions, n'ont pas du moins *renié la patrie.* — Ils la plaignent, lui traçant au loin, dans l'amertume de leur désespoir, des voies meilleures, lui ouvrent des horizons plus larges ; ceux-là réchauffent le patriotisme aux abois, ceux-là on les respecte, on les admire, on les salue.

Imbéciles ! ce sont gens à sentimentalité, l'utilitaire américain, disciple de Bentham, n'a garde de donner dans de pareilles émotions. La morale et le droit pour lui, ça fait deux, et ce qu'il connaît avant tout, c'est la morale du *dieu Dollar !*

Rénégat de la nationalité, rénégat de la religion, pèsent à la conscience du patriote, surtout quand l'ironie et l'injure à la bouche, on insulte à son pays natal au profit de son pays adoptif.

Le libre-penseur s'exile de sa religion mais ne la renie pas pour une autre. — Le libre poursuivant du droit, quand le droit est foulé au pieds, va pleurer sur les ruines du droit à l'étranger, mais ne change pas sa nationalité. — Le cosmopolitisme au fond n'est rien autre chose que la *trahison de la patrie !*

Donc, trève des leçons du général Cluseret ; vienne un jour l'heure fatale d'une guerre contre le pays qui l'a vu naître, et il portera les armes contre la France tout comme firent un jour les *Keiserlicks de Brunswick, les Cosaques de Platow, les Huhlans de Blucker.* — Car lui ne fait pas de sentiment. — Tant s'en faut.

Mais du moins cela semble-t-il le droit (mal compris il est vrai) du général américain ; mais que dire d'un journaliste français enregistrant de sang-froid l'ironie sanglante, injurieuse du frère Jonathan. Quand les spartiates voulaient dégoûter de l'abus du vin un de leur jeunes citoyens ils mettaient sous les yeux de l'élève, un ilote, un esclave ivre, et la leçon parlait d'elle-même. — Est-ce cette méthode qu'emploie Me Vermorel ? Etrange manière de renforcer le patriotisme expirant.

Mais non ; en droit économique, pas plus qu'en morale, c'est-à-dire en dignité nationale, l'avocat n'a de méthode. — Prendre à droite, prendre à gauche : — De l'éclectisme, de la doctrine. — Et ce sont des moniteurs de cet acabit qui voudraient nous donner des leçons et qui accusent de juste-milieu ceux que leurs inspirateurs accusaient hier encore de Blanquisme, de révolutionnarisme ? C'est toujours ainsi ; quand on a la jaunisse on voit jaune dans l'œil du voisin. — Affaire d'ictérie disent les médecins.

Grâces au ciel, autres sont nos principes. Quelque bas tombée que soit la patrie, quelque souillé que soit le pays, — il est toujours le pays ! et nous, faiseurs de sentimentalité, nous pouvons dire avec le poëte.

> Quel qu'indigne qu'il soit , il me serait plus doux
> De mourir avec lui que de vivre avec vous ?

Mais est-il vrai que l'américain ait acquis droit d'insolence, comme nos avocats, vis-à-vis des autres nations ?

Quoi ! voilà un peuple adulte qui a à peine 80 ans d'existence. — Devant lui il a trouvé des solitudes immenses inocuppées, des hommes dénationalisés, des institutions à lui apportées par la fine fleur des hommes de la vieille Europe ;

il y a écrêmé le meilleur du domaine agricole et industriel du Nouveau-Monde ; il a cultivé les terres les plus fertiles d'abord. Les *Solognes*, les *Landes*, les *Craus* ne se sont pas encore à lui présentés ; il a usé des outils de la civilisation les plus rémunérateurs, les plus faciles; en un mot, il n'a vécu que dans les hauteurs de la vie facile; il a mangé, comme on dit, *son pain blanc le premier*; il n'a eu qu'à appliquer sur un sol vierge, sur une terre neutre, sur une nature et des natures vierges de toute solidarité, de tout voisinage, les fruits amèrement conquis par quinze cents ans d'élaboration civilisatrice ; et ce pays se croirait en droit de faire la leçon à la vieille Gaule, et on nous empêcherait de crier à l'impudence, à l'impertinence, à l'indécence, à l'incongruité!—En vérité, c'est par trop fort.

Que l'Amérique nous montre ses dollars, nous lui montrerons, nous, *nos Danton, nos Fourier, nos Saint-Simon, nos Pierre-Leroux, nos Lammenais, nos Proudhon, tout notre écrin de martyrs de l'humanité.* — Etrange modèle, en vérité, que ce peuple d'usuriers, à donner à des poursuivants de la justice sociale, à des socialistes !

Mais les avocats bourgeois et doctrinaires ne savent pas en faire d'autres !

Allons donc! assez de gourme, assez d'arrogance américaine ;—cela à une odeur de *bouc,* de parvenu, comme dirait le styliste Veuillot.

Vienne l'heure des difficultés, l'heure des problèmes sociaux, et le jour du malheur, le jour du jugement, du *Doom's day,* comme disent les saxons eux-même, sonnera pour l'orgueilleux Yankee comme elle a sonné pour le malheureux Gaulois.

Peut-être ne faudra-t-il pas quinze cents ans aux enfants ingrats de Rochambeau, de la Lafayette, pour expier le crime d'ingratitude de nation à nation, le crime d'insolidarité le plus odieux peut-être de tous.

Qui sait même si le châtiment n'a pas déjà commencé ?

Qu'est ce donc que cette guerre de Caïns du Nord contre le Sud? Eh bien ! puisque personne en socialisme n'a osé rien dire encore, — disons-le hardiment et sans crainte. Aux yeux du socialiste justicier, c'est ni plus ni moins la lutte des *mangeurs de blancs au nord contre les mangeurs de noirs au sud.*

Qui donc ne connait l'exploitation des producteurs-cultivateurs du Sud par les industriels du Nord.— Qui donc ne connaît la dureté, l'exploitation du Sud contre les noirs ?

Au nom du droit fédératif, au nom du droit de la plus petite collectivité, car le droit est un pour le plus petit comme pour le plus fort, le Sud fédéral avait parfaitement le droit de secessionner. Au nom du jacobinisme Américain, au nom de l'indivisibilité, ce droit a été foulé aux pieds.

Que faire alors, nous dit-on ? — Selon nous — le voici :

Le Nord pouvait dire au Sud : « Hommes du Sud, au nom » du droit politique vous avez le droit de vous séparer de » nous, si vous y trouvez votre salut, à condition toute» fois que nul étranger ne vienne intervenir entre nous, que » vous soyez de loyaux voisins ; à condition de nous fournir » caution et garantie comme nous nous engageons à vous les » fournir nous-mêmes ; mais il ne s'agit pas seulement entre » nous de droits politiques ; nous somme enfants du même » sol, mutualisés, solidarisés entre nous par les lois de la » production et de l'échange. Nous sommes fonctions les uns » des autres ; or, vos institutions sont un outrage à la morale, » une entrave à la production, et la morale, quand on l'ou» trage dans un pays ne tarde pas à infecter ses voisins ; la » production, quand on l'embarre par des moyens odieux ou » viciés, ne tarde pas à détruire l'équilibre international. » Donc, au nom de la morale universelle, au nom du droit » économique, nous vous sommons d'avoir à abolir chez vous » l'ignoble institution de l'esclavage, cet éternel affront au » droit humain dont nous sommes les représentants en vertu » de nos institutions républicaines, ou sinon, la guerre jugera » entre nous. »

A son tour, mieux avisé, le Sud pouvait répondre : « Vous » nous reconnaissez le droit de nous séparer sous telle me» sure de garantie; nous acceptons cette reconnaissance » de nos droits, vous nous sommez d'abolir l'esclavage » comme une injure permanente au droit humain, comme » une entrave à la production, à l'équilibre économique ; soit » encore, nous acceptons; mais puisque vous invoquez le » droit économique, le droit social, à notre tour à nous de

» l'invoquer contre vous ; vous êtes républicains, dites-vous,
» et le prolétariat, cet esclavage des blancs, étend sa lèpre
» honteuse dans vos cités marchandes industrielles.— Eh
» bien ! au nom du droit social invoqué par vous les premiers,
» au nom de la justice sociale, but évident de la révolution,
» faites chez vous la révolution sociale, l'équation sociale,
» abolissez l'esclavage des blancs ; et de New-Orléans jusqu'à
» New-York, l'Amérique ne comptera plus que des hommes
» libres, que des poursuivants de la justice.— Sinon, que le
» fer décide entre nous. »

Ce langage a-t-il été tenu ? Non. Là était la vraie solution
républicaine, révolutionnaire, pour tout socialiste vraiment
digne de ce nom, et pas ailleurs.— L'américain endurci a
préféré le non-droit politique, c'est-à-dire l'indivisibilité, a
préféré le non-droit social, c'est-à-dire l'anarchie des intérêts
et des cœurs, en un mot, ses dollars.—

Tôt ou tard le droit se vengera ou plutôt cela est déjà fait.
Voici la dictature militaire ou le jacobinisme autoritaire qui
pose son épée sur la gorge des hommes du Sud par le fait
de la nomination de généraux imposés pour gouverneurs
par le congrès.

Exploiteurs au Nord, exploiteurs au Sud, — tel est le bi-
lan de la situation. — Qu'y a-t-il donc là de quoi tant faire
les fiers et de montrer tant de morgue vis-à-vis des autres
nations, et vers la France surtout, qui fut leur marraine dans
la liberté ?

Mais patience ! Il est une autre vengeance qui se lève,
celle-là plus terrible, à l'horizon.— L'américain si retors, a
cru faire merveille en lâchant sur son frère Saxon de la Mé-
tropole les bordées du socialisme par le feinianisme Irlandais.
C'était dans son esprit une niche, une taquinerie de Johna-
tan au frère John Bull.— Là, son audace, son habileté, ont
été en défaut. Là il a péché. — Il a oublié ceci : l'on ne doit
jamais parler de corde dans la maison d'un pendu.—Ne
touchez-pas à la hâche, dit la sagesse des nations.—

Eh bien ! un jour plus tard, un jour plus tôt, c'est cette hâche, cette cognée qui viendra faire sa trouée dans le chêne
tant surfait de la jeune Amérique. Un jour plus tard, un jour
plus tôt, quand l'américain aura épuisé toutes les facilités
de la vie économique, quand le domaine cultivable aura été se

resserrant de plus en plus, de jour en jour, quand la densité des populations aura rompu l'équilibre des subsistances ; la misère, la grande faucheuse des temps modernes, viendra frapper à sa porte ; le socialisme, le grand truchement de cette misère, viendra sonner le tocsin à cette porte.—Le moment sera venu de compter deux fois avec un hôte avec lequel, aux jours de la vie facile, l'on avait cru ne pas devoir compter, et alors, ou l'orgueilleux américain succombera à la tâche, comme les vieilles sociétés de l'Europe, ou reprendra sa place vraie dans l'échelle du progrès juridique.

Là seulement est l'avenir.

Qu'est ce donc, après tout, que ces adhésions des ouvriers de Baltimore au Congrès International. Qu'est ce donc que l'adhésion des travailleurs de New-York, au Congrès de Lausanne, si ce ne sont là des protestations de la misère, sinon le socialisme naissant, qui se dresse à l'horizon, sa face blême et amaigrie.—Spectre rouge ou spectre noir, l'œil du voyant socialiste le voit pointer au loin dans les brumes fumeuses de l'Atlantique. Qui vivra verra.

Qu'est ce donc que ces fortunes de 500 millions acquises en vingt-cinq ans par un M. Stevard, un négociant de New-York, sinon la révélation la plus foudroyante d'un épouvantable écart économique, d'une vertigineuse inégalité, précurseur infaillible de l'instabilité gouvernementale ou politique, car la richesse publique, comme l'eau, cherche infailliblement son niveau. Que sont donc aux yeux du penseur socialiste ces nabahs, ces satrapes financiers américains auprès desquels nos Rotschilds ne sont que des mirmidons ? Que sont ils malgré leurs libéralités plus apparentes que réelles, malgré leur charité menteuse, sinon des faiseurs de pauvres élevés à la 100 millième puissance, se mouvant en sécurité au milieu du désordre de la conscience, de l'anarchie économique, jusqu'au jour du rendement de compte, jusqu'au jour du jugement ?

Que signifient, enfin, ces poignées de mains, ces cessions du territoire ? — les iles Alcontiennes, — les iles du Renard. —Le mot ici semble providentiel. Les petits cadeaux du renard entretiennent l'amitié. Que signifient à qui sait voir et entendre, ces visites d'escadres fastueuses au czar, c'est-à-dire au symbole vivant du despotisme Européen, ces déjeûners fraternels à Cronstadt avec le Grand-Duc Constantin, frère du czar, cette intervention comminatoire des fils de Monroë dans la question d'Orient, ces pactes secrets avec l'autocrate russe, ces pactes de coalition peut-être contre la France de 1852; sans doute, mais aussi contre la France de 89 et de 93, si ce n'est de la déchéance qui commence.

Et l'on voudrait nous faire pousser des hourrahs pour l'américain du Nord ou du Sud!

Non, mille fois! nous en jurons par notre foi de socialiste.

Trève donc de vanteries américaines. Qu'est-ce à dire? L'école doctrinaire des Guizot nous a régalé pendant quarante ans du pudding formaliste de l'Anglo-Saxon, et l'on voudrait nous servir encore le bifteak de l'utilitarisme américain. — Laissons ces choses-là aux justes-milieux du journal des *Débats, à la canaille en haut,* comme Proudhon disait d'eux, laissons ces machines aux doctrinaires du journal *La Gironde,* c'est leur spécialité.

Et dire que *Le Courrier Français* se permet d'appeler les socialiste juridiques justes-milieux, doctrinaires à la façon de Guizot, quand il sue le doctrinarisme à pleine peau.

En vérité, on ne sait si l'on doit rire ou pleurer disait Figaro, et comme Trissotin à Vadius, qu'il nous permette de lui dire:

Vous donnez sottement vos qualités aux autres.

Mais assez de lièvres courus comme cela; assez de buissons battus à vous suivre. — Ne rompons pas les chiens et revenons à la rendonnée, et une fois pour toutes, trève de flagorneries, de chatteries, de mijoteries aux travailleurs sur le dos des bourgeois. — Assez passé la main sur l'échine. Le poëte a dit:

La popularité c'est la grande impudique,
Qui tient dans ses bras l'univers,
Qui, le ventre au soleil, comme la nymphe antique,
Prête à qui veut ses flancs ouverts.

« La popularité, l'ombre d'une ombre, disait Proudhon, » avec un suprême dédain. »

Allons au but et résumons sous le feu de vos batteries.

Nous avions posé en principe et démontré dans l'étude du programme(*), l'identité de but entre la question politique

---

(*) Le programme ayant été traité par nous en entier avant le Congrès.

et la question sociale. — Le Congrès de Lausanne nous donnant gain de cause, l'a résolu à notre profit en ces termes :

1º Considérant que l'émancipation sociale des travailleurs est inséparable de l'émancipation politique ;

2º Que l'établissement des libertés politiques est une mesure d'absolue nécessité ;

3º Que le moyen pour obtenir ce résultat serait la revendication par tous les ouvriers de l'Europe de la liberté de réunion et de la liberté de la presse. —

Nous avions posé et démontré le principe de l'identité de but poursuivi par les Classes-Moyennes et le Prolétariat. — Et cela dans le même programme.

Le Congrès l'a résolu en notre faveur, plus que résolu, hélas ! — Le but a été dépassé.

Un marchand de musique à Londres, M. Eugène Dupont, a été nommé président du Congrès. Cela est-il assez significatif?

Est-ce là un travailleur manuel? Non. Qu'est-ce donc ? C'est ce qu'on appelle un Petit-Bourgeois, un membre de la Classe-Moyenne s'il en fût jamais.

Contradiction de principe que nous portons bel et bien au crédit de notre cause.

Est-ce assez casser le nez aux principes, oui ou non ? Cela s'appelle-t-il en politique être doctrinaire, oui ou non, encore une fois ?

Nous avions indiqué des fautes à éviter, non pas de celles que l'inexpérience et l'empirisme dominant l'association commandent d'excuser charitablement, mais de grandes brèches aux principes constitutifs de cette association. — Malheureusement ça n'a pas manqué.

Un banquier suisse, c'est-à-dire l'usure en chair et os, un rentier italien, c'est-à-dire un faiseur de pauvres, la paresse dans sa moelle et dans sa peau, c'est-à-dire à eux deux la contradiction vivante du but poursuivi, l'émancipation du prolétariat, ont été admis au Congrès. Sans plus de gêne que de logique, le Congrès a passé outre. — *Passer outre sur des principes fondamentaux* c'est trop naïf, pour ne pas dire autre chose. — Quand donc vit-on les brebis pactiser avec les loups? — C'était une expulsion motivée et sans sursis qu'il fallait exécuter sans pitié ni merci. — Contradiction. — Doctrinarisme !

La volerie hideuse de l'administration anglaise sur la caisse des travailleurs était prise en flagrant délit, la main dans le sac.

La liberté anglaise tant surfaite par nos*libertistes doctrinaires, dans l'affaire du double cautionnement des journaux bilingues, était prise elle aussi, en flagrant délit et de menterie et de trahison, et la par trop naïve association faisant aveu d'impuissance, passe bêlante à l'ordre du jour.

Ah! ce n'est pas en Angleterre que l'on connaît le fameux *Non bis in idem !*

C'était au lieu de cette moutonade une protestation de granit qu'il faillait rédiger pour la jeter à la face de l'hypocrisie, de l'infamie saxonne.

Concessions, transactions doctrinaires.

Continuons :

« La revendication des droits et des libertés politiques » est donc, dit l'association, à l'état permanent et continu. » Mais.....

» Comme le Congrès n'a aucun pouvoir, il manquerait de » la sanction nécessaire pour faire exécuter ses décisions, » *même en admettant qu'elles ne violent la liberté d'aucun* » *peuple,* l'assemblée a décidé que la question ne serait pas » mise en tête de l'ordre du jour. »

Il n'est guère possible d'avouer plus gauchement et son impuissance intellectuelle et morale, ni son impuissance politique, ni son impuissance économique, car trouver des solutions scientifiques, c'est violonter précisément la liberté d'un peuple ou d'un autre, et pas n'est besoin de faire pareilles réserves quand on a une méthode et des principes aussi bien définis que posés.

Ainsi, par exemple, la liberté négative de l'Angleterre lui permet justement de mettre en coupe réglée les autres nations ses sœurs, et vous auriez peur de troubler, par vos solutions, la liberté inique et cynique de l'Angleterre. Et vous vous dites socialistes ! — Après tout, c'est justice, vous n'êtes que des doctrinaires.

Imaginons-nous un pauvre fou en train de démolir l'Arc-de-Triomphe de l'Etoile avec un simple marteau. — Après quelques écorchures au colosse, le voilà rebuté, qui s'arrête et dit : « Je me proposai de te briser, mais trop petit est

» mon marteau, trop faible mon bras, je renvoie la besogne à
» l'ordre du jour de demain. » — Et il passe.

Quand on se sent ennuque et impuissant, reste encore un
devoir, c'est de cacher son infirmité et de se taire. — Péché
caché est à moitié pardonné. Faute, archi-faute !

En politique, en socialisme, la jocrisserie est la dernière
de toutes les fautes.

Donc, empirisme, manque de solutions, cheminement à l'a-
venture, probabilisme, — c'est doctrinarisme au premier chef.

L'espace nous manque et le cœur nous fault pour relever
tant d'autres failles que l'on eût dû éviter à tout prix. Tôt ou
tard elles porteront leurs tristes fruits.

En voilà assez, en voilà trop pour les besoins du débat
poursuivi par nous.

Que faire alors pour éviter pareils écueils, s'entourer
de pilotes capables, ayant fait leurs preuves, ayant gagné à
la pointe de l'outil les grades de compagnon et de maître.

Se mettre en rapport avec des interprètes, des truchements,
des conseillers de l'idée que l'on poursuit, car, décidément,
le dictionnaire nous manque pour exprimer des choses
si simples, si loyales, à des co-associés socialistes.

Mais, juste Ciel ! quels gants prendre ! Quelles cérémo-
nies à faire pour expliquer cet avis fraternel à des Lucrèces
politiques qui ne crient plus quand les Tarquins de la Banque ou de la rente les violent en plein jour, et qui crient
bien haut quand Gros René, le voisin en blouse et en sabots,
s'avise, l'impertinent, de leur tâtiner, un brin, le menton.

C'est à eux, à coup sûr, qu'on pouvait appliquer la mor-
dante ironie du dicton italien :

Lucrezzia Romana, — Lucrezzia Romana,
Che por salvar l'onor mori putana.

Pas de direction, nous n'en voulons pas, nous crient
les aboyeurs, les Cornacs.

Ah non ! vous n'en voulez pas, mais vous subissez la direction de ceux qui se glissent adroitement dans le troupeau.

Eh bien, soit, pas de conseillers, pas de dirigeants, mor-
bleu ! il sera dit qu'en mutuellisme on ne vit pas d'école
mutuelle ; que nous ne sommes pas tour-à-tour moniteurs
les uns les autres ; que parmi les revendicants de son pro-

pre travail, de son propre produit, chacun ne pourra pas
vivre de ce travail. — Mais, braves associés, que signifie le
mot mutualité ? Cela signifie, direz-vous, mutualité d'intérêts ; mais mutualiser les intérêts, qu'est-ce autre chose
que discipliner les intérêts, et les intérêts, qu'est-ce donc ?
si ce ne sont pas des idées ; donc, encore une fois, discipliner des intérêts, c'est en fin de compte, ou au bout du
compte, discipliner des idées.

Terrible chose que la logique.

Ecole mutuelliste a pour corollaire forcé école mutuelle.
De même qu'en mutuellisme économique ou social, nous
sommes tous, bon gré, malgré, débiteurs et créditeurs les
uns des autres. — En un mot, tous fonctions les uns des
autres. — Est-ce-clair ?

Jusqu'ici nous l'avions cru, du moins.— « Aurait-on mis
le cœur à droite, comme dit Sganarelle. »

Que signifie donc cet exclusivisme hargneux ? Les travailleurs veulent tout faire par eux-même, nous crient les cla-
baudeurs. Respectez le droit des travailleurs. — Assuré-
ment à condition que l'on respecte le nôtre. — Est-ce que
dans la maison de Proudhon, dans la maison de la réciprocité, il serait permis de parler autrement.

Possible que la haute-bourgeoisie ait abdiqué. — Que la
haute-bourgeoisie lave son linge sâle. — Les classes moyennes peuvent dire elles aussi, bien mieux que Pilate se lavant
les mains ;— « Je lave mes mains du sang de ce juste. »

Elles ont souffert et combattu, elles veulent encore com-
battre. — Certes nous comprenons jusqu'à un certain point
cette défiance malsaine. — Mais si brûler n'est pas répondre,— se défier, n'est pas raisonner.

Triste compagne que la défiance entre frères et associés !

Et l'Italie présomptueuse disait, elle aussi, *Italia fara dà
se*. — Et l'Italie a eu besoin des autres.

Et chose bizarre, les mêmes hommes qui vont criant bien
haut pas de direction, — laissent à leur insu échapper
l'aveu de la prédominance de l'idée française. Mais qu'est-ce
donc qu'une prédominance, si ce n'est de l'influence ? et
l'influence qu'est-ce donc sinon de la direction morale ou
effective ? Que signifie toute cette logomachie ? Que signifient ces réserves captieuses et flagorneuses ?

Eh bien ! soit; pas de dirigeants aristocrates par en haut, mais pas d'ochlocratie par en bas; c'est-à-dire, les opprimés d'hier, devenus les oppresseurs d'aujourd'hui. Gloire au hasard, à l'empirisme, à la fortune du pot ; et vogue la galère de la révolution !

Pour potage, on nous donne aujourd'hui de la contradiction, de la compromission, de l'éclectisme, de la doctrine, voire même de la *jocrisserie*. — Demain le menu aura varié. — Nous aurons les roués, les faiseurs, les mâlins. — On nous attend au tourne-borne, au tourne-bride, au quatre chemins, et gare à nous. — « Que la fatalité nous sauve, » disait encore Proudhon ! »

Donc, le puritanisme du *Courrier* ne veut pas de direction.— Cela posé, qu'on se le dise.... A Lausanne et à Landernau,— excepté lui et les siens.

Nul n'aura de l'esprit, hormis nous et les nôtres ?

Mais, de grâce, souffrez, ô *Courrier*, quelques pauvres contradicteurs.— Cela fait ombre au tableau.— Le *Courrier* n'en veut pas non plus ; il dogmatise et s'impose, veut dogmatiser et s'imposer quand même, sur les épaules des travailleurs qui lui font courte-échelle.

Que faire en ce cas ? Aux avocats rien de si facile ; première tactique : Il n'y a qu'à crier plus haut que son adversaire ; deuxième tactique : Avoir toujours soin de crier le premier au voleur, crainte d'entendre crier après soi. — Et les cokneys de Paris, les badauds de Province, de crier à la merveille.

Miracle, criait-on : venez voir dans les nues,
Passer la reine des tortues.

A notre tour maintenant. Nous avons protesté et nous maintenons notre protestation contre ces tendances exclusives anti-sociales, anti-Proudhonniennes. On n'a servi au public que l'esprit, l'essence de notre protestation, nous en servons nous, et la moelle et la chair.

Le public, tout aussi bon chimiste que le *Courrier* a su être fin droguiste dans son article du 11 septembre, saura fort bien passer à l'alambic de sa judiciaire analytique, la valeur et la portée du débat. — Il saura voir que sous des appellations exclusives et jalouses, il ne s'agit de rien moins que de l'avenir de la révolution.

A notre tour de renvoyer à M. Vermorel et avec mille fois plus de raison, les qualifications de doctrinaire et juste-milieu.

Est doctrinaliste à vingt-quatre carats, tout penseur qui, posant des axiomes aprioriques pour des principes, manque de méthode et va au hasard de sa faconde oratoire.

De plus, quittant la défense pour l'attaque, nous lui appliquons d'office, la qualification de *Jacobin socialiste*.

Est Jacobin, en politique, en socialisme, quiconque s'impose d'autorité, sans discussion, sans contradiction permise, acquise, loyale à tous et à chacun, en vertu d'un dogmatisme raide et gourmé.

Nous voulons, nous, du rationalisme, de la démonstration, de la contradiction.— Hors de là, pas de salut.

La sentant frétiller parmi nous, Proudhon a pour jamais coupé la queue de Robespierre. — Les tronçons ne se rejoindront pas !.....

Quant à nous, de nuit et de jour, sur les toits, à la cave, dans la rue, nous ne cesserons de démasquer les intrigants de la province, et les hableurs de la capitale, en loyaux socialistes que nous voulons être et rester; en vrais disciples de Proudhon.

Oui! c'est cela ! de la théologie, de la petite église ! — Le maître l'a dit — *Magister dixit*, nous crie-t-on ! Messieurs du *Courrier*, vous n'avez pas la priorité de la réprimande. Les doctrinaires de *La Gironde* ont eu soin de prendre le pas sur vous, et en cela vous vous trouvez en accord doctrinal avec eux.

Étrange reproche en vérité dans votre bouche. Quoi ! par nous ne savons quelles grâces d'état les travailleurs, les plumistes du *Courrier*, se lèvent un beau matin, et s'écrient : et nous aussi, nous sommes Proudhoniens !—Anch'io Pittore.

Quoi ! les Saint-Paul de l'idée Proudhonnienne ont trouvé un beau soir leur chemin de Damas !

Quoi ! ces nouveaux *Polyeuctes* un beau midi touchés de la grâce vont criant : — « Je crois, je crois à Proudhon et à son idée .»

Quoi ! l'association foisonne de convertis d'hier ! Quoi ! ils ont reçu le don des langues ; la langue de feu est descendue sur leurs fronts.

Quoi ! notre maître hier encore était étouffé, conspué, étranglé entre mille portes, et c'est à qui des adorateurs nouveaux s'arrachera un pan de son manteau, quitte à coudre tous ces pans à la diable, et on crierait au fanatisme sur nous, et nous ne pourrions pas crier *casse-cou !*

Ne craignez rien ; vingt fois il y a longtemps déjà, dans l'intimité de la correspondance, vis-à-vis du maître lui-même, nous avons pris soin de mettre à couvert et notre intelligence, et notre conscience ; que de fois n'avons-nous pas ri avec lui-même de ce reproche aigre-fin.

Nous sommes de ceux qui ne relèvent ni de Chaudey, à qui nous n'avons pas écrit depuis deux ans bientôt ; ni de Rolland, ni de Langlois, ni de Duchêne, ni de Proudhon lui-même, ni du diable en personne. Nous ne relevons que de notre raison, que de notre conscience, c'est-à-dire, de la justice positive.

Oh ! celle-là, nous l'adorons !

Quant au *Magister dixit*, au fanatisme du maître, nous aurions bien tristement profité de ses enseignements, si nous avions oublié ou pas compris la finale du prologue de ses *Contradictions Économiques*, édition nouvelle :

« Ne croyez âme qui vive sur parole !........... N'oubliez jamais que la pitié, etc...........

Concluons et disons :

1o Oui le but concret, positif, de l'émancipation du prolétariat se résume en ceci : arriver à une aisance moyenne, modeste, dans la propriété *humanisée justifiée ;*

2o Oui il y a identité de but entre les Classes-Moyennes et le prolétariat dans la poursuite de l'idée sociale ;

3o Donc, invoquer les catégories de Classes-Moyennes ou Petite-Bourgeoisie, en vue d'un évincement ou d'une exclusion quelconque dans la poursuite et la recherche de ce but, est une acte de contre-révolution.

Voilà le problème dans sa teneur et dans sa discipline.

Ce que nous demandons c'est de la lumière. — Car le droit social, c'est la torche de l'avenir.

Bordeaux, imp. MÉTREAU et Comp., rue du Parlement-Sainte-Catherine, 49

www.ingramcontent.com/pod-product-compliance
Lightning Source LLC
Chambersburg PA
CBHW061703180626
46818CB00003B/1231